OMUL NEGRU

Omul Negru

Emily Cravalho

aldivan teixeira torres

CONTENTS

1- 1

1

"Omul Negru"
Emily Andrade Cravalho
OMUL NEGRU

Scrise: *Emily Andrade Cravalho*
2020- Emily *Andrade Cravalho*
Toate drepturile rezervate
Seria: Surorile pervertit

Această carte, inclusiv toate părțile sale, este protejată prin drepturi de autor și nu poate fi reprodusă fără permisiunea autorului, revândut sau transferată.

Emily Andrade Cravalho, născut în Brazilia, este un artist literar. Promisiuni cu scrierile sale pentru a încânta publicul și să-l conducă la deliciile de placere. La urma urmei, sexul este unul dintre cele mai bune lucruri care există.

Dedicație și mulțumiri

Dedic această serie erotică tuturor iubitorilor de sex și perverșilor ca mine. Sper să răspund așteptărilor tuturor minților nebune. Încep această lucrare aici cu convingerea că Amelinha, Belinha și prietenii lor vor scrie istorie. Fără alte formalități, o îmbrățișare caldă pentru cititorii mei.

Bună lectură și o mulțime de distracție.
Cu afecțiune, autorul.

Prezentare

Amelinha și Belinha sunt două surori născute și crescute în interiorul Pernambuco. Fiicele taților fermieri știau din timp să facă față dificultăților feroce ale vieții la țară cu zâmbetul pe buze. Cu asta, își atingeau cuceririle personale. Primul este un auditor al finanțelor publice, iar celălalt, mai puțin inteligent, este un profesor municipal de educație de bază în Arcoverde.

Deși sunt fericiți din punct de vedere profesional, cei doi au o problemă cronică gravă în ceea ce privește relațiile, pentru că nu și-au găsit niciodată prințul fermecător, ceea ce este visul fiecărei femei. Cea mai mare, Belinha, a venit să locuiască o vreme cu un bărbat. Cu toate acestea, a fost trădat ceea ce a generat în traumele sale mici inima ireparabilă. A fost forțată să se despartă și-a promis că nu va mai suferi niciodată din cauza unui bărbat. Amelinha, săraca, nici măcar nu se poate logodi. Cine vrea să se căsătorească Amelinha? Ea este o brunetă obraznic, slab, înălțime medie, ochi de culoare miere, fundul mediu, sânii ca pepene verde, piept definit dincolo de un zâmbet captivant. Nimeni nu știe care e adevărata ei problemă, sau mai degrabă pe amândouă.

În ceea ce privește relația lor interpersonală, ei sunt foarte aproape de schimbul de secrete între ele. Din moment ce Belinha a fost trădată de un ticălos, Amelinha a luat durerile surorii ei și, de asemenea, și-a propus să se joace cu bărbații. Cei doi au devenit un duo dinamic cunoscut sub numele de "Surorile Perverse". În ciuda acestui fapt, bărbaților le place să fie jucăriile lor. Acest lucru se datorează faptului că nu există nimic mai bun decât iubitor Belinha și Amelinha, chiar și pentru un moment. Să le cunoaștem poveștile împreună?

Omul negru

Amelinha și Belinha, precum și mari profesioniști și iubiți, sunt femei frumoase și bogate integrate în rețelele sociale. În plus față de sex în sine, ei caută, de asemenea, să facă prieteni.

Odată, un bărbat a intrat în chat-ul virtual. Porecla lui era "Omul Negru". În acest moment, ea a tremurat în curând pentru că ea a iubit bărbați de culoare. Legenda spune că au un farmec de necontestat.

— Bună, frumosul! - L-ai numit pe binecuvântatul negru.

— Bună ziua, bine? - A răspuns interesanta Belinha.

— Toate grozave. Să ai o noapte bună!

— noapte bună. Îmi plac negrii!

— Asta m-a atins profund acum! Dar există un motiv special pentru asta? Te cheamă?

— Motivul e că eu și sora mea ne plac bărbații, dacă înțelegi ce vreau să spun. În ceea ce privește numele merge, chiar dacă acesta este un mediu foarte privat, nu am nimic de ascuns. Numele meu este Belinha. Mă bucur să te cunosc.

— Plăcerea e numai a mea. Numele meu este Flavius, și eu sunt un foarte frumos!

— Am simțit fermitate în cuvintele lui. Vrei să spui că intuiția mea e corectă?

— Nu pot răspunde la asta acum pentru că asta ar pune capăt întregului mister. O cheamă pe sora ta?

— Numele ei este Amelinha.

— Amelinha, te rog! Frumos nume! Te poți descrie fizic?

— Sunt blondă, înaltă, puternică, păr lung, fund mare, sâni medii, și am un corp sculptural. Și pe tine?

— Culoare neagră, un metru și optzeci de centimetri înălțime, puternic, reperat, brațele și picioarele groase, îngrijite, păr cântat și fețe definite.

— Mă pornești!

— Nu-ți face griji. Cine mă cunoaște, nu uită niciodată.

— Vrei să mă înnebunești acum?
— Îmi pare rău pentru asta, iubito! Este doar pentru a adăuga un pic de farmec la conversația noastră.
— cați ani ai?
— 25 de ani și ai tăi?
— Am 38 de ani și sora mea 34. În ciuda diferenței de vârstă, suntem foarte apropiați. În copilărie, ne-am unit pentru a depăși dificultățile. Când eram adolescenți, ne împărtășeam visele. Și acum, la maturitate, împărtășim realizările și frustrările noastre. Nu pot trăi fără ea.
— minunat! Acest sentiment al tău este foarte frumos. Simt nevoia să vă cunosc pe amândoi. Este la fel de obraznică ca tine?
— Într-un mod bun, e cea mai bună în ceea ce face. Foarte deșteaptă, frumoasă și politicoasă. Avantajul meu e că sunt mai deștept.
— Dar nu văd o problemă în asta. Îmi plac amândouă.
— Chiar îți place? Știi, Amelinha e o femeie specială. Nu pentru că e sora mea, ci pentru că are o inimă uriașă. Îmi pare puțin rău pentru ea pentru că nu a avut niciodată un mire. Știu că visul ei e să se căsătorească. Mi s-a alăturat într-o revoltă pentru că am fost trădat de tovarășul meu. De atunci, căutăm doar relații rapide.
— Înțeleg foarte bine. Și eu sunt un pervers. Cu toate acestea, nu am nici un motiv special. Vreau doar să mă bucur de tinerețea mea. Păreți niște oameni grozavi.
— îți mulțumesc foarte mult. Chiar ești din Arcoverde?
— Da, sunt din centru. Și pe tine?
— Din cartierul Sfântul Cristofor.
— minunat. Locuiești singur?
— Da. Lângă stația de autobuz.
— Poți primi o vizită de la un bărbat azi?

— Ne-ar plăcea. Dar trebuie să te ocupi de amândouă. Ok?
— Nu-ți face griji, iubire. Mă descurc până la trei.
— Ah, da! Adevărat!
— Vin imediat. Poți să-mi explici locația?
— Da. Va fi plăcerea mea.
— Știu unde este. Vin acolo!

Omul negru a părăsit camera și Belinha, de asemenea. A profitat de ea și s-a mutat în bucătărie, unde și-a cunoscut sora. Amelinha spăla vasele murdare pentru cină.

— Noapte bună, Amelinha. N-o să-ți vină să crezi. Ghici cine vine?
— Habar n-am, soră. Cine?
— Flavius. L-am întâlnit în camera virtuală de chat. El va fi divertismentul nostru azi.
— arată?
— Este Omul Negru. Te-ai gândit vreodată că ar fi frumos? Bietul om nu știe de ce suntem capabili!
— Chiar este, soră! Să-l terminăm.
— Va cădea cu mine! - A spus Belinha.
— Nu! Acesta va fi cu mine-a răspuns Amelinha.
— Un lucru este sigur: cu unul dintre noi el va cădea-Belinha încheiat.
— Este adevărat! Ce-ar fi să pregătim totul în dormitor?
— E o idee bună. O să te ajut!

Cele două păpuși nesătule s-au dus în cameră lăsând totul organizat pentru sosirea bărbatului. Imediat ce termină, aud clopoțelul.

— E el, soră? - Am întrebat-o pe Amelinha.
— Hai să verificăm împreună! - A invitat-o pe Belinha.
— hai! Amelinha a fost de acord.

Pas cu pas, cele două femei au trecut de ușa dormitorului, au trecut de sufragerie și apoi au ajuns în sufragerie. S-au dus la ușă. Când o deschid, întâlnesc zâmbetul fermecător și bărbătesc al lui Flavius.

— noapte bună! În regulă? Eu sunt Flavius.
— noapte bună. Cu plăcere. Sunt Belinha care vorbea cu tine la calculator și fata asta drăguță de lângă mine e sora mea.
— Mă bucur să te cunosc, Flavius! - Amelinha a spus.
— îmi pare bine să te cunosc. Pot să intru?
— Sigur! - Cele două femei au răspuns în același timp.

Armăsarul a avut acces în cameră observând fiecare detaliu al decorului. Ce s-a întâmplat în mintea aia clocotită? El a fost atins în special de fiecare dintre aceste specimene de sex feminin. După un scurt moment, s-a uitat adânc în ochii celor două târfe spunând:

— Ești pregătit pentru ceea ce am venit să fac?
— Gata-Afirmat iubitorii!

Trio-ul s-a oprit greu și a mers un drum lung la camera mai mare a casei. Prin închiderea ușii, erau siguri că raiul se va duce în iad în câteva secunde. Totul a fost perfect: aranjamentul prosoapelor, jucăriile sexuale, filmul porno care se joacă pe tavan și muzica romantică vibrantă. Nimic nu ar putea lua plăcerea unei seri minunate.

Primul pas este să stai lângă pat. Negrul a început să se dezbrace de cele două femei. Pofta și setea lor de sex a fost atât de mare încât au cauzat un pic de anxietate în aceste doamne dulci. El a fost de a lua de pe cămașa lui care arată torace și abdomen bine lucrat de antrenament de zi cu zi la sala de sport. Firele tale de păr medii din toată regiunea asta au desenat suspine de la fete. Ulterior, și-a dat jos pantalonii, permițând vederea lenjeriei box, arătându-și volumul și masculinitatea. În acest moment, el le-a permis să atingă organul, făcându-l mai erect. Fără secrete, și-a aruncat lenjeria arătând tot ce i-a dat Dumnezeu.

Avea 22 de centimetri lungime, 14 centimetri diametru suficient cât să-i înnebunească. Fără să piardă timpul, au căzut pe el. Au început cu preludiul. În timp ce una își înghiți penisul în gură, cealaltă a lins pungile de scrot. În această operațiune, au trecut trei minute. Suficient de mult pentru a fi complet gata pentru sex.

Apoi a început să pătrundă într-una și apoi în cealaltă fără preferință. Ritmul frecvent al navetei a provocat gemete, țipete și orgasme multiple în urma actului. Au fost 30 de minute de sex vaginal. Fiecare jumătate din timp. Apoi s-au încheiat cu sexul oral și anal.

Focul

A fost o noapte rece, întunecată și ploioasă în capitala tuturor pădurilor din Pernambuco. Au fost momente când vânturile din față au atins 100 de kilometri pe oră speri surorile Amelinha și Belinha. Cele două surori perverse s-au întâlnit în camera de zi a reședinței lor simple din cartierul Sfântul Cristofor. Cu nimic de făcut, au vorbit fericiți despre lucruri generale.

— Amelinha, a fost ziua ta la biroul fermei?

— Același lucru vechi: am organizat planificarea fiscală a administrației fiscale și vamale, am gestionat plata impozitelor, am lucrat în prevenirea și combaterea evaziunii fiscale. E o muncă grea și plictisitoare. Dar plină de satisfacții și bine plătite. Și pe tine? A fost rutina ta la școală? - Am întrebat-o pe Amelinha.

— În clasă, am trecut de conținutul ghidând cursanții în cel mai bun mod posibil. Am corectat greșelile și am luat două telefoane mobile ale elevilor care deranjau clasa. Am dat, de asemenea, clase de comportament, postura, dinamica si sfaturi utile. Oricum, în afară de a fi profesor, sunt mama lor. Dovada este că, la pauză, m-am infiltrat în clasa elevilor. În opinia mea, școala este a doua noastră casă și trebuie să avem grijă de prieteniile și conexiunile umane pe care le avem de la ea-Belinha a răspuns.

— Genial, sora mea mai mică. Lucrările noastre sunt mari, deoarece acestea oferă construcții emoționale importante și interacțiune între oameni. Nici un om nu poate trăi în izolare, darămite fără resurse psihologice și financiare- a analizat Amelinha.

— sunt de acord. Munca este esențială pentru noi, deoarece ne face independenți de imperiul sexist predominante în societatea noastră-a spus Belinha.

— Exact. Vom continua în valorile și atitudinile noastre. Omul este bun doar în pat- Amelinha observat.

— Apropo de bărbați, ce părere ai despre Christian? - Belinha a întrebat.

— S-a ridicat la înălțimea așteptărilor mele. După o astfel de experiență, instinctele mele și mintea mea cere întotdeauna pentru mai mult generatoare de nemulțumire internă. Care este opinia ta? - Am întrebat-o pe Amelinha.

— A fost bine, dar mă simt, de asemenea, ca tine: incomplet. Sunt uscat de dragoste și sex. Vreau din ce în ce mai mult. Ce avem pentru azi? - A spus Belinha.

— Nu mai am idei. Noaptea e rece, întunecată și întunecată. Auzi zgomotul de afară? Sunt multe ploi, vânturi puternice, fulgere și tunete. Mi-e frică! - A spus Amelinha.

— și eu! - Belinha a mărturisit.

În acest moment, se aude un fulger tunet în întreaga Arcoverde. Amelinha sare în poala Belinha care strigă de durere și disperare. În același timp, electricitatea lipsește, făcându-i pe amândoi disperați.

— Și acum ce facem? Ce vom face Belinha? - Am întrebat-o pe Amelinha.

— Dă-te de pe mine, cățea! Aduc lumânările! - A spus Belinha.   Belinha împins ușor sora ei la partea laterală a canapelei ca ea bâjbâi pereți pentru a ajunge la bucătărie. Deoarece casa este relativ mică, nu durează mult pentru a finaliza această operație. Folosind tact, el ia lumânările din dulap și le aprinde cu chibriturile plasate strategic pe aragaz.

Cu lumina lumânării, ea se întoarce calm în camera în care își întâlnește sora cu un zâmbet misterios larg deschis pe față. Ce făcea?

— Poți să te eliberezi, soră! Știu că te gândești la ceva.

— Ce-ar fi dacă am suna pompierii orașului să avertizeze de incendiu? A spus Amelinha.

— Lasă-mă să înțeleg. Vrei să inventezi un foc fictiv pentru a-i ademeni pe acești oameni? Dacă vom fi arestați? - Belinha se temea.

— Colegul meu! Sunt sigur că le va plăcea surpriza. Ce mai bine trebuie să facă într-o noapte întunecată și plictisitoare ca asta? - a spus Amelinha.

— ai dreptate. Îți vor mulțumi pentru distracție. Vom rupe focul care ne consumă din interior. Acum, întrebarea vine: Cine va avea curajul să-i cheme? - a întrebat Belinha.

— Sunt foarte timid. Las această sarcină pentru tine, sora mea- a spus Amelinha.

— Întotdeauna eu. ok. Orice s-ar întâmpla, a concluzionat Belinha.

Trezindu-se de pe canapea, Belinha merge la masa din colțul în care este instalat telefonul mobil. Sună la numărul de urgență al pompierilor și așteaptă să i se răspundă. După câteva atingeri, aude o voce profundă și fermă vorbind din partea cealaltă.

— noapte bună. Aici pompierii. Ce dorești?

— Numele meu este Belinha. Locuiesc în cartierul Sfântul Cristofor aici, în Arcoverde. Sora mea și cu mine suntem disperați cu toată ploaia asta. Când electricitatea a ieșit aici, în casa noastră, a provocat un scurtcircuit, începând să dea foc obiectelor. Din fericire, eu și sora mea am ieșit. Focul consumă încet casa. Avem nevoie de ajutorul pompierilor, a spus fata.

— Ia-o ușor, prietene. Vom fi acolo în curând. Puteți oferi informații detaliate despre locația dvs.? - L-am întrebat pe pompierul de serviciu.

— Casa mea e exact pe Central Avenue, a treia pe dreapta. E în regulă cu voi?

— Știu unde este. Ajungem în câteva minute. Fii calm... A spus pompierul.

— Vă așteptăm. Vă mulțumesc! - Mulțumesc Belinha.

Întorcându-se pe canapea cu un zâmbet larg, cei doi și-au dat jos pernele și au sforăit cu distracția pe care o făceau. Cu toate acestea, acest lucru nu este recomandat să facă excepția cazului în care acestea au fost două curve ca ei.

Zece minute mai târziu, au auzit o bătaie la ușă și s-au dus să răspundă. Când au deschis ușa, s-au confruntat cu trei fețe magice, fiecare cu frumusețea sa caracteristică. Unul era negru, înalt de 1,80 metri, picioare și brațe medii. Un altul era întunecat, un metru și nouăzeci de înălțime, musculos și sculptural. O treime era albă, scurtă, subțire, dar foarte dragă. Băiatul alb vrea să se prezinte:

— Bună, doamnelor, noapte bună! Numele meu este Roberto. Acest om de alături se numește Matthew și omul maro, Philip. Care sunt numele voastre și unde este focul?

— Sunt Belinha, am vorbit cu tine la telefon. Bruneta asta e sora mea Amelinha. Intră și o să-ți explic.

— I-au prins pe cei trei pompieri în același timp.

Cvintetul a intrat în casă și totul părea normal pentru că electricitatea se întorsese. Se stabilesc pe canapeaua din sufragerie împreună cu fetele. Suspicioși, fac conversație.

— Focul s-a terminat, nu-i așa? - Matthew a întrebat.

— Da. Deja o controlăm datorită unui efort mare, a explicat Amelinha.

— Păcat! Am vrut să lucrez. Acolo, la cazarmă, rutina e atât de monotonă, Felipe.

— Am o idee. Ce zici de a lucra într-un mod mai plăcut? - Belinha a sugerat.

— Vrei să spui că ești ceea ce cred eu? - L-am interogat pe Felipe.

— Da. Suntem femei singure care iubesc plăcerea. Ai chef de distracție? - a întrebat Belinha.

— Doar dacă pleci acum, a răspuns negrul.

— Sunt și eu, a confirmat Brown Man.

— Așteaptă-mă, băiatul alb e disponibil.

— Deci, hai să-i spunem fetelor.

Cvintetul a intrat în cameră împărțind un pat dublu. Apoi a început orgia sexuală. Belinha și Amelinha au participat pe rând la plăcerea celor trei pompieri. Totul părea magic și nu a existat nici un sentiment mai bun decât a fi cu ei. Cu cadouri variate, au experimentat variații sexuale și poziționale creând o imagine perfectă.

Fetele păreau insațiabile în ardoarea lor sexuală ceea ce i-a înnebunit pe acei profesioniști. Au trecut prin noapte făcând sex și plăcerea părea să nu se termine niciodată. Nu au plecat până nu au primit un telefon urgent de la serviciu. Și-au dat demisia și s-au dus să răspundă la raportul poliției. Chiar și așa, ei nu vor uita niciodată acea experiență minunată alături de "Surorile Perverse".

Consultație medicală

A apărut în frumoasa capitală din spate. De obicei, cele două surori perverse se trezeau devreme. Cu toate acestea, când s-au ridicat, nu s-au simțit bine. În timp ce Amelinha continua să strădute, sora ei Belinha s-a simțit puțin sufocată. Aceste fapte, probabil, a venit de la noaptea precedentă în Piața Războiului în cazul în care au băut, sărutat pe gură și sforăit armonios în noaptea senină.

Deoarece nu se simțeau bine și fără putere pentru nimic, ei stăteau pe canapea gândindu-se religios ce să facă pentru că angajamentele profesionale așteptau să fie rezolvate.

– Ce facem, soră? Mi-a rămas fără suflare și epuizată, a spus Belinha.

– Spune-mi despre asta! Am o durere de cap și încep să am un virus. Suntem pierduți! - A spus Amelinha.

– Dar nu cred că e un motiv să ratezi munca! Oamenii depind de noi! - A spus Belinha

– Calmează-te, să nu ne panicăm! Ce-ar fi să ne alăturăm frumosului? - A sugerat Amelinha.

– Nu-mi spune că te gândești la ce mă gândesc și eu... - Belinha a fost uimită.

– Da, așa este. Să mergem la doctor împreună! Acesta va fi un motiv mare pentru a pierde locul de muncă și cine știe nu se întâmplă ceea ce ne dorim! - A spus Amelinha

– Marea idee! Deci, ce mai așteptăm? Să ne pregătim! - a întrebat Belinha.

– hai! - Amelinha a fost de acord.

Cei doi s-au dus în incintele lor respective. Ei au fost atât de încântați de decizie; Nici măcar nu păreau bolnavi. A fost doar invenția lor? Iartă-mă, cititorul, să nu ne gândim rău la prietenii noștri dragi. În schimb, îi vom însoți în acest nou capitol interesant din viața lor.

În dormitor, s-au scăldat în apartamentele lor, și-au pus haine și pantofi noi, și-au pieptănat părul lung, și-au pus un parfum franțuzesc și apoi s-au dus la bucătărie. Acolo, au spart ouă și brânză umplând două pâini și au mâncat cu un suc refrigerat. Totul a fost foarte delicios. Chiar și așa, ei nu par să-l simt, deoarece anxietatea și nervozitatea în fața numirii medicului au fost gigantice.

Cu totul pregătit, au părăsit bucătăria pentru a ieși din casă. Cu fiecare pas pe care l-au făcut, inimile lor mici au fost lovite de emoție gândindu-se într-o experiență complet nouă. Binecuvântați fie ei toți! Optimismul a pus stăpânire pe ei și a fost ceva ce trebuie urmat de alții!

În exteriorul casei, se duc la garaj. Deschizând ușa în două încercări, ei stau în fața mașinii roșii modeste. În ciuda bunului lor gust în mașini, ei au preferat cele populare la clasici de teama violenței comune prezente în aproape toate regiunile braziliene.

Fără întârziere, fetele intră în mașină dând ieșirea ușor și apoi una dintre ele închide garajul întorcându-se la mașină imediat după aceea. Cine conduce este Amelinha cu experiență deja zece ani. Belinha nu are încă voie să conducă.

Traseul foarte scurt dintre casa lor și spital se face cu siguranță, armonie și liniște. În acel moment, aveau sentimentul fals că pot face orice. Contradictori, se temeau de viclenia și libertatea lui. Ei înșiși au fost surprinși de acțiunile întreprinse. Nu a fost pentru nimic mai puțin că acestea au fost numite Trădare bastarzi bun!

Ajungând la spital, au programat programarea și au așteptat să fie chemați. În acest interval de timp, au profitat de a face o gustare și au făcut schimb de mesaje prin intermediul aplicației mobile cu dragii lor servitori sexuali. Mai cinic și mai vesel decât acestea, a fost imposibil să fie!

După un timp, e rândul lor să fie văzuți. Inseparabile, intră în biroul de îngrijire. Când se întâmplă acest lucru, medicul aproape au un atac de cord. În fața lor era o piesă rară de bărbat: o blondă înaltă, de un metru și nouăzeci de centimetri înălțime, bărboasă, păr care formează o coadă de cal, brațe și sâni musculoși, fețe naturale cu un aspect angelic. Chiar înainte de a putea elabora o reacție, el invită:

—   Așezați-vă, amândoi!
—   Vă mulțumesc! - Le-au spus pe amândouă.

Cei doi au timp să facă o analiză rapidă a mediului: În fața mesei de serviciu, medicul, scaunul în care stătea și în spatele unui dulap. Pe partea dreaptă, un pat. Pe perete, picturi expresioniste ale autorului Cândido Portinari îl înfățișează pe omul din mediul rural. Atmosfera este foarte confortabil lăsând fetele la ușurința. Atmosfera de relaxare este ruptă de aspectul formal al consultării.

— Spuneți-mi ce simțiți, fetelor!

Asta a sunat informal pentru fete. Ce drăguț era blondul ăla! Trebuie să fi fost delicios să mănânci.

— Dureri de cap, indispoziție și virus! - I-am spus lui Amelinha.

— Sunt fără suflare și obosit! - A pretins-o pe Belinha.

— este în regulă! Lasă-mă să arunc o privire! Întinde-te pe pat! - Doctorul a întrebat.

Târfele abia respirau la cererea asta. Profesionistul i-a făcut să-și dea jos o parte din haine și le-a simțit în diferite părți, ceea ce a cauzat frisoane și transpirații reci. Dându-și seama că nu era nimic serios cu ei, însoțitorul a glumit:

— Totul arată perfect! De ce vrei să le fie frică? O injecție în fund?

— îmi place! În cazul în care este o injecție mare și gros chiar mai bine! - A spus Belinha.

— Vei aplica încet, iubire? - A spus Amelinha.

— Deja ceri prea mult! - L-am remarcat pe clinician.

Închizând cu grijă ușa, cade pe fete ca un animal sălbatic. Mai întâi, ia restul hainelor de pe cadavre. Acest lucru ascute libidoul lui chiar mai mult. Fiind complet dezbrăcat, admiră pentru o clipă acele creaturi sculpturale. Atunci e rândul lui să se dea mare. Se asigură că se dezbracă. Acest lucru crește interacțiunea și intimitatea dintre grup.

Cu totul pregătit, încep preliminariile sexului. Folosind limba în părți sensibile, ar fi anusul, fundul și urechea blonda provoacă orgasme mini placere la ambele femei. Totul mergea bine chiar și atunci când cineva tot bătea la ușă. Nici o cale de ieșire, trebuie să răspundă. Merge puțin și deschide ușa. În acest sens, el vine peste asistenta de gardă: un mulato subțire, cu picioare subțiri și foarte scăzut.

– Doctore, am o întrebare despre medicația unui pacient: sunt cinci sau trei sute de miligrame de acid acetilsalicilic? - L-am întrebat pe Roberto arătând o rețetă.

– Cinci sute! - A confirmat Alex.

În acest moment, asistenta a văzut picioarele fetelor dezbrăcate care încercau să se ascundă. Am râs înăuntru.

– Glumești Putin, nu-i așa, doc? Nici măcar să nu-ți suni prietenii!

– Mă scuzați! Vrei să te alături bandei?

– Mi-ar plăcea!

– Atunci vino!

Cei doi au intrat în cameră închizând ușa din spatele lor. Mai mult decât repede, mulato și-a dat jos hainele. Complet gol, el a arătat catarg lung, gros, veninos ca un trofeu. Belinha a fost încântat și a fost în curând oferindu-i sex oral. Alex a cerut, de asemenea, ca Amelinha să facă același lucru cu el. După oral, au început anal. În această parte, Belinha găsit-o foarte dificil să dețină pe cocoș monstru asistenta lui. Dar odată ce a intrat în gaură, plăcerea lor a fost enormă. Pe de altă parte, ei nu au simțit nici o dificultate, deoarece penisul lor a fost normal.

Apoi au făcut sex vaginal în diferite poziții. Mișcarea înainte și înapoi în cavitate a cauzat halucinații în ele. După această etapă, cei patru s-au unit într-un sex de grup. A fost cea mai bună experiență în care energiile rămase au fost cheltuite. 15 minute mai târziu, amândoi au fost vânduți. Pentru surori, sexul nu s-ar termina niciodată, dar bine au fost respectate fragilitatea acelor bărbați. Nedorind să le deranjeze munca, au renunțat să mai ia certificatul de justificare a muncii și a telefonului personal. Au plecat complet compuse fără a trezi atenția nimănui în timpul traversării spitalului.

Ajungând în parcare, au intrat în mașină și au început drumul înapoi. Oricât de fericiți ar fi, deja se gândeau la următoarea lor greșeală sexuală. Surorile perverse erau cu adevărat ceva!

Lecția privată

A fost o după-amiază ca oricare alta. Nou-veniți de la locul de muncă, surorile pervertit au fost ocupat cu treburile casnice. După ce au terminat toate sarcinile, s-au adunat în cameră să se odihnească un pic. În timp ce Amelinha a citit o carte, Belinha a folosit internetul mobil pentru a naviga pe site-urile ei preferate.

La un moment dat, al doilea strigă cu voce tare în cameră, ceea ce o sperie pe sora ei.

- Ce este, fată? Ești nebun? - Am întrebat-o pe Amelinha.

-Tocmai am accesat site-ul de concursuri având o surpriză recunoscător-informat Belinha.

- Spune-mi mai multe!

- Înregistrările curții regionale federale sunt deschise. Hai să facem?

- Bună decizie, sora mea! Care este salariul?

- Mai mult de zece mii de dolari inițiali.

- Foarte bine! Slujba mea e mai bună. Cu toate acestea, voi face concurs pentru că eu sunt pregătirea mine în căutarea pentru alte evenimente. Va servi ca un experiment.

- Te descurci foarte bine! Mă încurajezi. Nu știu de unde să încep. Poți să-mi dai sfaturi?

-Cumpăra un curs virtual, pune o mulțime de întrebări pe site-urile de testare, face și reface testele anterioare, scrie rezumate, sfaturi de ceas și descărca materiale bune de pe internet, printre altele.

- Va mulțumesc! Voi urma toate aceste sfaturi! Dar am nevoie de ceva mai mult. Uite, soră, din moment ce avem bani, ce-ar fi să plătim pentru o lecție privată?

- Nu m-am gândit la asta. E o idee bună! Aveți sugestii pentru o persoană competentă?

- Am un profesor foarte competent aici de la Arcoverde în contactele mele telefonice. Uită-te la poza lui!

Belinha i-a dat surorii ei telefonul mobil. Văzând poza băiatului, era extatică. În afară de frumos, era deștept! Ar fi o victimă perfectă a perechii care unește utilul la plăcut.

- Ce mai așteptăm? Du-te și ia-l, soră! Trebuie să studiem în curând. - Amelinha a spus.

- Te-ai prins! - Belinha a acceptat.

Trezindu-se de pe canapea, a început să formeze numerele telefonului de pe rampa numerică. Odată ce apelul este făcut, va dura doar câteva momente pentru a fi răspuns.

- Bună ziua. Ești bine?

- Totul e minunat, Renato.

- Trimite ordinele.

- Navigam pe internet când am descoperit că cererile pentru concursul curții regionale federale sunt deschise. Mi-am numit mintea imediat ca un profesor respectabil. Îți amintești sezonul școlar?

- Îmi amintesc bine de acel moment. Vremuri bune celor care nu se mai întorc!

- Da, e așa! Ai timp să ne dai o lecție privată?

- Ce conversație, domnișoară! Pentru tine am mereu timp! La ce dată stabilim?

- Putem s-o facem mâine la 2:00? Trebuie să începem!

- Sigur că da! Cu ajutorul meu, spun cu umilință că șansele de a trece crește incredibil.

- Sunt sigur de asta!

- Ce bine! Mă poți aștepta la 2:00.

- Vă mulțumesc foarte mult! Ne vedem mâine!
- Ne vedem mai târziu!

Belinha a închis telefonul și a schițat un zâmbet pentru colegul său. Suspectând răspunsul, Amelinha a întrebat:
- a fost?
- A acceptat. Mâine la 2:00 va fi aici.
- Ce bine! Nervii mă omoară!
- Ia-o mai ușor, soră! O să fie bine.
- Amin!
- Să pregătim cina? Deja mi-e foame!
- Ei bine amintit.!

Cei doi au mers din sufragerie în bucătărie, unde într-un mediu plăcut au vorbit, s-au jucat, au gătit printre alte activități. Erau figuri exemplare ale surorilor unite de durere și singurătate. Faptul că erau ticăloși în sex i-a calificat și mai mult. După știți, femeia braziliană are sânge cald.

La scurt timp după aceea, fraternizau în jurul mesei, gândindu-se la viață și la vicisitudinile ei.

- Mâncând acest delicios Carne de vită, îmi amintesc de omul negru și de pompieri! Momente care nu par să treacă niciodată! - Belinha a spus!
- Spune-mi despre asta! Tipii ăia sunt delicioși! Ca să nu mai vorbim de asistentă și doctor! Și mie mi-a plăcut! - Mi-am amintit de Amelinha!
- Destul de adevărat, sora mea! Având un catarg frumos orice om devine plăcut! Fie ca feministele să mă ierte!
- Nu trebuie să fim atât de radicali...!

Cei doi râd și continuă să mănânce mâncarea de pe masă. Pentru o clipă, nimic altceva nu a contat. Păreau să fie singuri în lume și asta i-a calificat drept Zeițe ale frumuseții și iubirii. Pentru că cel mai important lucru este să te simți bine și să ai stimă de sine.

Încrezători în ei înșiși, ei continuă în ritualul familiei. La sfârșitul acestei etape, ei naviga pe internet, asculta muzica pe stereo camera de zi, ceas telenovele și, mai târziu, un film porno. Această grabă îi lasă fără suflare și obosiți forțându-i să meargă să se odihnească în camerele lor respective. Așteptau cu nerăbdare ziua următoare.

Nu va dura mult până vor cădea într-un somn adânc. În afară de coșmaruri, noaptea și zorii au loc în limitele normale. De îndată ce vine zorii, se trezesc și încep să urmeze rutina normală: Baie, mic dejun, locul de muncă, se întorc acasă, baie, prânz, pui de somn și să se mute în camera în care așteaptă vizita programată.

Când aud că bat la ușă, Belinha se ridică și răspunde. În acest sens, el vine peste profesorul zâmbitor. Acest lucru i-a cauzat o bună satisfacție internă.

- Bine ai revenit, prietene! Ești gata să ne înveți?
- Da, foarte, foarte gata! Vă mulțumim din nou pentru această oportunitate! - A spus Renato.
- Să intrăm! - A spus Belinha.

Băiatul nu s-a gândit de două ori și a acceptat cererea fetei. El a salutat Amelinha și pe semnalul ei, așezat pe canapea. Prima lui atitudine a fost să-și dea jos bluza neagră tricotată pentru că era prea fierbinte. Cu aceasta, și-a lăsat platoșa bine lucrată în sala de gimnastică, sudoarea care picură și lumina cu pielea închisă la culoare. Toate aceste detalii au fost un afrodiziac natural pentru cei doi "Perverși".

Pretinzând că nu se întâmplă nimic, a fost inițiată o conversație între cei trei.

- Ai pregătit o clasă bună, profesore? - Am întrebat-o pe Amelinha.
- Da, dar nu-mi pasă! Să începem cu ce articol? - L-am întrebat pe Renato.
- Nu știu... - a spus Amelinha.

- Ce-ar fi să ne distrăm mai întâi? După ce ți-ai scos cămașa, m-am udat! - A mărturisit Belinha.

-Am, de asemenea- a spus Amelinha.

- Voi doi chiar sunteți maniaci sexuali! Nu asta îmi place? - A spus maestrul.

Fără a aștepta un răspuns, și-a scos blugii albaștri arătând mușchii aductor ai coapsei, ochelarii de soare arătându-și ochii albaștri și, în cele din urmă, lenjeria intimă arătând o perfecțiune a penisului lung, cu grosime medie și cu cap triunghiular. A fost suficient pentru curve mici să cadă pe partea de sus și să înceapă să se bucure de faptul că bărbătesc, corp jovial. Cu ajutorul lui, s-au dezbrăcat și au început preliminariile sexului.

Pe scurt, aceasta a fost o întâlnire sexuală minunată în cazul în care au experimentat multe lucruri noi. Au fost aproape patruzeci de minute de sex sălbatic în armonie completă. În aceste momente, emoția a fost atât de mare încât nici măcar nu au observat timpul și spațiul. De aceea, ei au fost infiniți prin dragostea lui Dumnezeu.

Când au ajuns la extaz, s-au odihnit puțin pe canapea. Ei au studiat apoi disciplinele taxate de concurs. În calitate de elevi, cei doi au fost de ajutor, inteligenți și disciplinați, lucru remarcat de profesor. Sunt sigur că erau în drum spre aprobare.

Trei ore mai târziu, au renunțat să mai promită noi întâlniri de studiu. Fericite în viață, surorile perverse s-au dus să aibă grijă de celelalte îndatoriri deja gândindu-se la următoarele lor aventuri. Ei au fost cunoscute în oraș ca "Insațiabil".

Test de concurs

A trecut ceva timp. Timp de aproximativ două luni, surorile perverse s-au dedicat concursului în funcție de timpul disponibil. În fiecare zi care trecea, erau mai pregătiți pentru orice venea și pleca. În același timp, au existat întâlniri sexuale și în aceste momente au fost eliberate.

Ziua testului a sosit în sfârșit. Plecând devreme din capitala hinterlandului, cele două surori au început să meargă pe autostrada BR 232 pe un traseu total de 250 km. Pe drum, au trecut prin principalele puncte ale interiorului statului: Pesqueira, Belo Jardim, São Caetano, Caruaru, Gravatá, Bezerros și Vitória de Santo Antão. Fiecare dintre aceste orașe a avut o poveste de spus și din experiența lor au absorbit-o complet. Cât de bine a fost să vezi munții, pădurea atlantică, caatinga, fermele, fermele, satele, orașele mici și să sorbi aerul curat care vine din păduri. Pernambuco a fost un stat cu adevărat minunat!

Intrând în perimetrul urban al capitalei, ei sărbătoresc realizarea bună a Călătoriei. Ia bulevardul principal la cartier excursie bună în cazul în care acestea ar efectua testul. Pe drum, se confruntă cu trafic aglomerat, indiferență față de străini, aer poluat și lipsă de îndrumare. Dar în sfârșit au reușit. Intră în clădirea respectivă, se identifică și încep testul care va dura două perioade. În prima parte a testului, acestea sunt total axate pe provocarea de întrebări cu variante multiple de răspuns. Bine elaborate de către banca responsabilă pentru eveniment, a determinat elaborarea cele mai diverse dintre cele două. În opinia lor, se descurcau bine. Când au luat pauza, au ieșit să ia prânzul și un suc la un restaurant din fața clădirii. Aceste momente au fost importante pentru ei pentru a menține încrederea lor, relația și prietenia.

După aceea, s-au întors la locul de testare. Apoi a început a doua perioadă a evenimentului cu probleme care se ocupă cu alte discipline. Chiar și fără a menține același ritm, acestea au fost încă foarte perceptiv în răspunsurile lor. Ei au dovedit în acest fel că cel mai bun mod de a trece concursuri este de a dedica o mulțime de studii. Un timp mai târziu, au încheiat participarea lor încrezător. Au predat probele, s-au întors la mașină, îndreptându-se spre plaja din apropiere.

Pe drum, au cântat, au pornit sunetul, au comentat cursa și au avansat pe străzile din Recife privind străzile iluminate ale capitalei pentru că era aproape noapte. Se minunează de spectacolul văzut. Nu e de mirare că orașul este cunoscut sub numele de "Capitala tropicelor". Soarele apunea oferind mediului un aspect și magnific. Ce frumos să fii acolo în acel moment!

Când au ajuns la noul punct, s-au apropiat de țărmurile mării și apoi s-au lansat în apele sale reci și liniștite. Sentimentul provocat este extatic de bucurie, mulțumire, satisfacție și pace. Dacă pierd noțiunea timpului, înoată până sunt obosiți. După aceea, ei se întind pe plajă în lumina stelelor, fără nici o teamă sau griji. Magia le-a pus stăpânire strălucit. Un cuvânt care trebuia folosit în acest caz a fost "Incomensurabil".

La un moment dat, cu plaja aproape pustie, există o abordare a doi bărbați de fete. Încearcă să se ridice și să fugă în fața pericolului. Dar sunt opriți de brațele puternice ale băieților.

— Luați-o ușor, fetelor! N-o să-ți facem rău! Cerem doar puțină atenție și afecțiune! - Unul dintre ei a vorbit.

Confruntate cu tonul moale, fetele au râs cu emoție. Dacă voiau sex, de ce nu-i satisfac? Ei au fost maeștri în această artă. Răspunzând așteptărilor lor, s-au ridicat și i-au ajutat să se dezbrace. Au livrat două prezervative și au făcut strip tease. A fost de ajuns să-i înnebunească pe cei doi bărbați.

Căzând la pământ, s-au iubit în perechi, iar mișcările lor au făcut podeaua să tremure. Și-au permis toate variațiile și dorințele sexuale ale amândurora. În acest moment de livrare, nu le-a păsat de nimic sau de nimeni. Pentru ei, erau singuri în univers într-un mare ritual al iubirii, fără prejudecăți. În sex, ele au fost complet interconectate producătoare de o putere nemaivăzut înainte. Ca și instrumentele, ele făceau parte dintr-o forță mai mare în continuarea vieții.

Doar epuizarea îi forțează să se oprească. Pe deplin mulțumit, oamenii și-au dat demisia și au plecat. Fetele decid să se întoarcă la mașină. Își încep călătoria înapoi la reședința lor. Total bine, au luat cu ei experiențele lor și de așteptat vești bune despre concursul au participat la. Cu siguranță meritau cel mai bun noroc din lume.

Trei ore mai târziu, au venit acasă în pace. Ei îi mulțumesc lui Dumnezeu pentru binecuvântările acordate de a merge la culcare. În altă zi, am fost de așteptare pentru mai multe emoții pentru cei doi maniaci.

Întoarcerea profesorului

Răsărit. Soarele răsare devreme cu razele sale care trec prin crăpăturile ferestrei mergând să mângâie fețele dragilor noștri prunci. În plus, briza fină a dimineții a ajutat la crearea stării de spirit în ele. Cât de frumos a fost să avem ocazia unei alte zile cu binecuvântarea Tatălui. Încet, cei doi se ridică din paturile lor, aproape în același timp. După scăldat, întâlnirea lor are loc în baldachin, unde pregătesc micul dejun împreună. Este un moment de bucurie, anticipare și distragere a atenției schimbul de experiențe la momente fantastic.

După ce micul dejun este gata, se adună în jurul mesei așezate confortabil pe scaune de lemn cu un spătar pentru coloană. În timp ce mănâncă, fac schimb de experiențe intime.

Belinha

Sora mea, ce a fost asta?

Amelinha

Emoție pură! Încă îmi amintesc fiecare detaliu al cadavrelor acelor cretini dragi!

Belinha

și eu! Am simțit o mare plăcere. A fost aproape extrasenzorial.

Amelinha
știu! Hai să facem nebuniile astea mai des!
Belinha
sunt de acord!
Amelinha
Ți-a plăcut testul?
Belinha
Mi-a plăcut. Abia aștept să-mi verific performanța!
Amelinha
și eu!

    Imediat ce au terminat de hrănit, fetele și-au ridicat telefoanele mobile accesând internetul mobil. Ei au navigat la pagina organizației pentru a verifica feedback-ul de dovada. Au scris-o pe hârtie și s-au dus în cameră să verifice răspunsurile.

    Înăuntru, au sărit de bucurie când au văzut nota bună. Au trecut! Emoția simțită nu putea fi stăpânită acum. După ce a sărbătorit mult, el are cea mai bună idee: Invită-l pe Maestrul Renato, astfel încât să poată sărbători succesul misiunii. Belinha se ocupă din nou de misiune. Răspunde la telefon și sună.

Belinha
Bună ziua?
Renato
Bună, ești bine? Ce mai faci, dulce Belinha?
Belinha
foarte bine! Ghici ce s-a întâmplat.
Renato
Nu-mi spune că...
Belinha
Da! Am trecut concursul!
Renato
Felicitările mele! Nu ți-am spus?
Belinha

Vreau să vă mulțumesc foarte mult pentru cooperarea dumneavoastră în toate modurile. Mă înțelegi, nu-i așa?

Renato

Chiar înțeleg. Trebuie să stabilim ceva. Preferabil la tine acasă.

Belinha

Exact de asta am sunat. Putem s-o facem azi?

Renato

Da! Pot s-o fac în seara asta.

Belinha

Întreb. Vă așteptăm la ora opt noaptea.

Renato

ok. Pot să-l aduc pe fratele meu?

Belinha

desigur!

Renato

pe mai târziu!

Belinha

pe mai târziu!

Conexiunea se termină. Uitându-se la sora ei, Belinha lasă să râdă de fericire. Curios, alte întreabă:

Amelinha

și ce dacă? Vine?

Belinha

Nu-i nimic! La ora opt în seara asta vom fi reuniți. El și fratele lui vin! Te-ai gândit la orgia?

Amelinha

Spune-mi despre asta! Deja pulsez de emoție!

Belinha

Să fie inimă! Sper să meargă!

Amelinha

- S-a rezolvat totul!

Cei doi râd simultan umplând mediul cu vibrații pozitive. În acel moment, nu am avut nici o îndoială că soarta a fost conspira pentru o noapte de distracție pentru că duo maniac. Ei au realizat deja atât de multe etape împreună încât nu ar slăbi acum. Prin urmare, ei ar trebui să continue să idolatrizeze bărbații ca pe un joc sexual și apoi să-i arunce. Asta a fost cea mai mică rasă ar putea face pentru a plăti pentru suferința lor. De fapt, nici o femeie nu merită să sufere. Sau, mai degrabă, aproape fiecare femeie nu merită nici o durere.

E timpul să trecem la treabă. Părăsind camera deja gata, cele două surori merg la garaj, unde pleacă cu mașina lor privată. Amelinha o duce mai întâi pe Belinha la școală și apoi pleacă la fermă. Acolo, ea emană bucurie și spune știri profesionale. Pentru aprobarea concursului, el primește felicitări de toate. Același lucru i se întâmplă și lui Belinha.

Mai târziu, se întorc acasă și se întâlnesc din nou. Apoi începe pregătirea pentru a primi colegii dumneavoastră. Ziua promisă să fie și mai specială.

Exact la ora programată, aud că bat la ușă. Belinha, cea mai deșteaptă dintre ele, se ridică și răspunde. Cu pași fermi și siguri, se pune în ușă și o deschide încet. După finalizarea acestei operațiuni, el vizualizează perechea de frați. Cu un semnal de la gazda, ei intră și se stabilească pe canapea în camera de zi.

Renato
El e fratele meu. Îl cheamă Ricardo.
Belinha
Mă bucur să te cunosc, Ricardo.
Amelinha
Sunteți bineveniți aici!
Ricardo
Vă mulțumesc amândurora. Plăcerea e numai a mea!
Renato
Sunt gata! Putem merge în cameră?

Belinha
hai!
Amelinha
Cine primește pe cine acum?
Renato
Eu o aleg pe Belinha.
Belinha
Mulțumesc, Renato, mulțumesc! Suntem împreună!
Ricardo
Voi fi fericit să stau cu Amelinha!
Amelinha
O să tremuri!
Ricardo
Vom vedea!
Belinha
Atunci să înceapă petrecerea!

Bărbații au așezat ușor femeile pe braț, transportându-le până la paturile situate în dormitorul unuia dintre ei. Ajungând la locul, ei iau de pe hainele lor și se încadrează în mobilier frumos începând ritualul de dragoste în mai multe poziții, mângâieri de schimb și complicitate. Emoția și plăcerea au fost atât de mari încât gemetele produse puteau fi auzite peste drum scandalizând vecinii. Adică, nu atât de mult, pentru că știau deja despre faima lor.

Odată cu concluzia de sus, iubitorii se întorc în bucătărie, unde beau suc cu Coke-uri. În timp ce mănâncă, ei vorbesc timp de două ore, crescând interacțiunea grupului. Cât de bine a fost să fie acolo de învățare despre viață și să fie fericit. Mulțumirea înseamnă să fii bine cu tine însuți și cu lumea care își afirmă experiențele și valorile înaintea altora care poartă certitudinea de a nu putea fi judecat de alții. Prin urmare, maximul pe care îl credeau era "Fiecare este propria lui persoană".

Până la căderea nopții, în sfârșit își iau rămas bun. Vizitatorii pleacă din "Dragi Pirinei" și mai euforici când se gândesc la situații noi. Lumea se tot îndrepta spre cei doi confidenți. Fie ca ei să fie norocoși!

Sfârșitul

www.ingramcontent.com/pod-product-compliance
Lightning Source LLC
LaVergne TN
LVHW021050100526
838202LV00082B/5423